청어詩人選 214

시와 이야기 산책

유선기 시집

청어

시와 이야기 산책

유선기 지음

발 행 처 · 도서출판 청어
발 행 인 · 이영철
영   업 · 이동호
홍   보 · 천성래
기   획 · 남기환
편   집 · 방세화
디 자 인 · 이수빈 ┃ 김영은
제작이사 · 공병한
인   쇄 · 두리터

등   록 · 1999년 5월 3일
(제1999-000063호)

1판 1쇄 인쇄 · 2019년 12월 2일
1판 1쇄 발행 · 2019년 12월 10일

주소 · 서울특별시 서초구 남부순환로 364길 8-15 동일빌딩 2층
대표전화 · 02-586-0477
팩시밀리 · 0303-0942-0478

홈페이지 · www.chungeobook.com
E-mail · ppi20@hanmail.net
ISBN · 979-11-5860-716-6(03810)

이 도서의 국립중앙도서관 출판시도서목록(CIP)은 서지정보유통지원시스템 홈페이지
(http://seoji.nl.go.kr)와 국가자료공동목록시스템(http://www.nl.go.kr/kolisnet)
에서 이용하실 수 있습니다.(CIP제어번호: CIP2019046459)

시와 이야기 산책

유선기 시집

시인의 말

존경하는 독자 여러분 안녕하십니까.

저는 시골에서 태어나 농사를 벗 삼아 살아가는 유선기입니다. 모든 농부가 그렇듯 힘든 노동으로 살다보면 술이란 것이 항상 곁에 있어요. 그럭저럭 논농사 짓고 소도 몇 마리 키우며 어깨를 들썩들썩 하루하루 즐겁게 살아가다 우연인지 아닌지 간암이란 두 글자가 살며시 다가왔습니다.

마음을 굳게 먹어보지만 흔들리는 것은 어쩌지 못하고 무너지고 있을 때, 문학 선배 이재신 선생님을 만나서 이야기 끝에 "어이, 후배! 젊은 나이에 세상을 등지면 안 되네" 하면서 글을 써보라고 권유하여, 그때부터 용기를 얻고 여러 문학 동지들을 만나게 되어 더욱더 용기를 내었습니다.

그 후, 글을 쓰다보니 마음의 상처가 치료되어 가고 투병 중에도 밝게 웃으며 암을 극복하며 살고 있습니다. 저처럼 병마에 시달리는 분이 있다면 이 글을 읽고 도움이 되어 웃음을 되찾았으면 합니다.

2019년 겨울
유선기

차례

2부 씨암탉

3부 바람난 꼴뚜기

1부

할미새

농사일

8월은 너무 뜨거워요
날씨가 38도, 39도까지 올라가요
밤이면 불면증에 시달려요
새벽 3시에 눈을 뜨고 창밖을 봐요
열기가 아직 식지 않았어요
6시가 되면 옷을 입고 난 소밥을 주러 가요
마눌은 밥을 지어 아들 밥 챙겨주고 우리도 밥을 먹어요
7시 30분경이에요 마눌은 밭으로 가요
봄에 심어놓은 고추를 따려 해요
해가 뜨지도 않았는데 땀방울이 줄줄 해요
땀방울 콧등을 타고 입술에 다다라요
그 맛이 짠맛이요 어퇴퇴 입술로 불어보아요
눈알이 따가워요 손등으로 땀을 닦아봐요
그래도 가려워요
어쩔 수 없이 고추 딴 손으로 눈을 비벼요
그 후유증이 만만하지 않아요 따갑고 화끈해요
그래도 참고 하던 일 계속해요
시간이 벌써 10시 30분이 지나고 있어요
난 그 옆에서 고추를 담아요
정신없이 담다보니 모자 쓰는 걸 깜빡해요

머리를 만져보니 번들번들 머리카락 익어요
손으로 만지면 한 움큼씩 빠져요
난 신경질이 나요
마눌한테 투정을 부려요
요놈의 고추 심어서 고생이다 하면서
영어로 씨부렁거려요 CCC
어느덧 12시가 되었어요
마눌과 나는 일손을 멈추고
덜덜거리는 경운기 타고 집으로 와요
입맛이 없어요
냉장고에서 찬물을 가져와요
아침에 퍼놓은 밥을 내와요
물을 말아요
마눌은 장독대로 가요
작년에 담가놓은 고추장을 퍼와요
난 멸치 머리통을 떼어내요
창자도 끄집어내요
우린 숟가락을 들어요
물밥을 한 입 넣고
멸치를 고추장에 꾹 찍어 입으로 가져다 먹어요

선풍기를 틀어요
한 5분 잘 돌던 녀석 열을 내며 따뜻한 바람을 토해요
난 짜증을 내요
요놈의 선풍기 하면서 마눌 얼굴에 대고 에어컨을 켜자 해요
오만 인상을 써요 누진세가 올라가 살림을 못해요
난 발광이 나요
서로 실갱이를 하다 오후 3시가 돼요
나는 소밥을 주고 마눌은 고추를 다시 따요
땀방울이 줄줄 흘러요
8월은 싫어요
어느덧 저녁이 돼요
텔레비전을 켜보아요
뉴스가 국회는 열통 찜통
청와대는 말만 앞세워요
신경질이 또 나요
텔레비전을 꺼요
할 말이 없어요
밭곡식 타들어가요
스프링클러를 밤새도록 돌려요
자고나면 피곤해요

농촌생활 참 힘들어요
그래도 어쩔 수 없어요
돈이 나올 데가 없으니 일을 해야 해요

이 영감

우리 마을 이 영감
농한기가 되면 새벽잠을 뒤로 한 채
헛간에 두었던 경운기 몰고 밭으러 가려한다
그런데 웬일인지 자식처럼 아끼는 경운기가
늦잠을 잔다
이 영감 자식 코를 잡고 머리를 돌려도 일어날 줄 모르고
시큰둥 시큰둥 팅팅하면서 영감 애간장을 녹인다
오늘 감자 캐고 들깨도 심어야 하는데 하면서
궁시렁거린다
또다시 코를 비틀고 더 세게 머리통을 흔들어본다
그래도 일어날 줄 모르고 자식이 말대꾸한다
새콤새콤새콤하다 또다시 잠을 잔다
이 영감 혈압 상승하고 발등으로 경운기를 걷어차며
오만상을 쓰다 밭으로 못 가면
넌 고물상에 팔아야겠다 협박을 하고
이번에 마지막 코를 이리저리 비틀고
머리를 세게 돌리자 말이 씨가 되었다
시쿵 시쿵거리다 탕탕 일어난다
이 영감 방귀를 뀐다 뿡뿡뿡
그 소리가 새벽을 깨운다

이 영감 방귀소리에 놀라 뒷집 할매 요강단지
엎어지고 앞집 신혼부부는 사랑방아 찧는다
살기 좋은 우리 마을 판교 놀러오세요

순천

눈이 시리도록 아름다운 행복도시 순천
길섶 개나리 신호수가 되어주고
산들바람 불 때면
온몸을 뒤틀고 손짓 발짓으로 반긴다
후리후리한 벚꽃녀 함박웃음 실낱같은 속눈썹으로
가는 사람 오는 사람 유혹하고
청정갯벌 순천만 갈대도 질세라
온몸을 흔들며 삼바춤을 춘다
그것뿐인가
햇빛에 온몸을 그을리고 머드팩하던 짱뚱어 녀석
갈대 치마폭이 제 집인 양 들랑들랑
칠게는 엉거주춤 갯벌상을 차려놓고
세상 사람 모두 잘되라 빈다
국제정원 꽃……
싱글벙글 미소 머금고 세계인을 반긴다
간간이 들려오는 해창만 뱃고동소리 가슴 벌렁벌렁
행복을 가져다준다네

가슴비

비가 오네요
봄비가 내리는데
내 호주머니는 푸석푸석
먼지만 날리네
이것이 세상 사는 맛인가
보슬비처럼 가슴을 적시네
곱게 피어난 벚꽃처럼
잠시 피었다 웃고 가는
시간 여행
꽃잎 한 잎 두 잎
땅 위에 떨어져
뒹구는 내 모습
하나님께 빌어보고
용왕신께 빌어도
달려가는 세월……
웃음꽃 시들고
세상살이 답이 없네

카페에서

비 오고 바람 부는 날 동천 카페에 들렀지
진한 커피향이 홀을 집어삼켰지
창가 옆 빈 탁자에 앉았지
창문을 두드리는 빗줄기 요란스러웠지
멍한 눈으로 창밖을 보았지
후리후리한 나무 서성이다 카페에 들어왔지
잠시 망설이다 내 탁자 옆에서 말없이 서성이었지
난 말없이 나무를 쳐다보았지 그 나무 민망한지 눈가에 외로움
번진 모습을 보았지 난 말없이 눈으로 의자에 앉으라고 했지
나무는 잠시 망설이다 의자에 털썩 앉아 비 맞은 나뭇잎을 한 올 벗어
의자에 걸쳐 놓고 멍한 눈으로 나처럼 창가에 눈을 돌렸지
우린 서로 말없이 침묵의 시간이 흘러갔지
비가 그치고 바람이 창문을 두드리며 흔들렸지
나무와 난 동시에 웬 바람이 일까 생각하고 눈동자를 굴렸지
나무와 난 서로 통했지
홀은 잔잔한 음악이 흘러나왔지
사랑의 연시처럼 남은 커피를 마시고 밖으로 나왔지
우린 아무 말 없이 손을 잡고 흔들리는 조명 아래로 빨려 들어갔지
나무는 한 올 한 올 나뭇잎을 떨구었지 난 번쩍이는 눈으로
그 모습을 보고 맥박이 우두둑 뛰었지 황홀했지
나무와 난 뜨거움을 다 토해냈지
나무와 나 말없이 조명을 뒤로한 채 뛰쳐나왔지
그 후 난 카페에 들렀지

그 나무는 보이지 않고 진한 커피향만 홀을 뒤덮었지
아름다운 나무
어디선가 자리 잡고 뿌리내리며 비가 와도 흔들리지 않고
푸르게 살겠지

이별

비가 주룩주룩 내리네
소낙비가 내리네
우울한 내 마음
비가 되어 흘러내리네
사랑을 뒤로한 채
우산이 찢겨지고 바람 분 날
흐느끼며 울었네
소낙비 내리는 그 길을
나는 하염없이 걸었네
사랑을 뒤로한 채
가슴에 비가 되어
오늘도 그 길을 걸었네
소낙비 내리는 그 길을

비가 주룩주룩 내리네
이슬비가 내리네
우울한 내 마음
비가 되어 흘러내리네
사랑을 뒤로한 채
우산이 찢겨지고 바람 분 날
흐느끼며 걸었네
이슬비 내리는 그 길을
나는 하염없이 걸었네
사랑을 뒤로한 채
가슴에 비가 되어
오늘도 그 길을 걸었네
이슬비 내리는 그 길을

새벽

어두운 침묵 속에 휴대폰
카톡 카톡 내 귀청을 두드린다
눈까풀 껌벅껌벅
몇 번씩 떴다 감았다
반복하다보면
눈동자 창이 열린다
왕방울 같은 눈동자
이리저리 구르다보면
어느새 날이 밝아온다
이복만 사장님 주시는 문자 한 구절
행복하세요 글귀 읽고나면
왠지 모르게
가슴이 밝아온다
몇 번이고
카톡 카톡 들여다보면서
오늘 하루도
고마운 마음으로 출발선에 서서
행복한 꿈을 꾼다

성묘 가는 길

유난스럽게 뜨거운 열기를 토하는 8월 중순경
조상님들 벌초하기 위해 예초기 둘러매고 산으로 갔다
산으로 가다보니 밤나무 몇 그루가 가시를 돋우며
날 째려보듯 하다가 툭 툭 떨어지더라
밤나무 뒤로한 채 발걸음 재촉하여 벌초를 하였다
예초기 둘러매고 집으로 내려오는 중 밤나무 아래에서
미끌어졌고 미끌어진 순간 밤 가시가 내 엉덩이를 강타
여기저기 밤 가시에 찔려 상처를 입고 뒤뚱뒤뚱
집으로 왔다 엉덩이 가시를 빼기 위해 안간힘을 쓰다가
혼자서 빼지 못하고 마눌한테 가시를 빼달라 엉덩이를 맡겼다
돋보기로 들여다보며 마눌은 여러 날 허비하고 가시를 뺐다
어느덧 시간이 흘러가고 추석이 다가왔다
이번 기회에 밤나무를 베어버리겠다 결심하고 낫과 톱을 챙기어
성묘하고 난 후 밤나무를 쳐다보며 오만상을 찌푸리는 순간
밤나무는 헤헤 웃으며 입속에 감추어 놓았던
알밤을 툭 툭 땅 위에 떨어뜨리며 날보고 웃고 있다
밤나무 베지 못하고 땅 위에 떨어진 알밤을 주워 집에 왔다
마눌이 밤을 삶아 주기에 난 밤 가시에 찔린 생각을 하며
질근질근 씹어서 까먹었더니 밤 맛이 아니라
행복한 맛이었다

태양광 발전소

이리 까고 저리 까고
소주, 맥주도 깟제
돈도 많이 깟제
더 이상 깔 게 없어서
주둥이 이빨깟제
그 후유증으로 고민하다보니
내 머리통 깟제
세월을 까먹었지
번들거리는 민둥산
태양광발전소 지었지
그것도 영업용으로
이곳저곳 기웃거리고
허황된 꿈을 이루려고 발버둥쳤지
그것도 잠시였지
태양광발전소 용량초과로
합선이 되어
핏줄 전기선이 타버렸지
전기선 복구하려고
이 병원 저 병원 찾아
수액을 달고
먼 허공 바라보지

목구멍

가진 자
남의 가슴에
피멍 들어야
먹고 살고
없는 자
온몸이
부르터져야
먹고 산다

참견

사람은 누구나 좋은 말이나 나쁜 말이나
말을 많이 하고 싶어합니다
우리 인간은 완벽한 것이 아닙니다
미완성으로 태어나 걸음마를 배우고 더 나아가
사회성을 배우며 세상을 이끌어가는 것입니다
우리 인간은 육체적 동물입니다
말들을 구분 못 하고 지나치게 한다면
녹슨 쇠톱만 못한 것입니다
아무리 자신이 잘났다고 생각하지만
남에겐 위대한 성인군자로 보이지 않습니다
말들을 너무나 많이 하고 참지 못한다면
배움이 무슨 필요가 있겠습니까
좋은 것을 칭찬하고 험한 말들을 줄이고
말을 한다면 행복이 넘칠 것입니다
사람은 못난 사람이나 잘난 사람이나
모두가 행복한 삶을 누릴 권리가 있습니다

마음

여성은 재물이 많으면
색깔 있고
재물이 없으면
끼가 많아지고
남성은 재물이 많으면
바짓가랑이 힘이 있고
재물이 적어지면
바짓가랑이 힘 떨어지고
이것이 살아가는 속마음

할미새

새야 새야 할미새야
지팡이 눈을 달고 어디 가시나
저 건너 밭두렁에
콩잎 따러 간다네
그 콩잎 따다 무엇에 쓰려는가
된장에 꼭꼭 숨겨 놓았다
우리 며늘아기 주려한다네
새야 새야 할미새야
지팡이 눈을 달고 또 어델 가시나
뒷골 밭두렁에 심어 놓은
옥수수 따러 간다네
옥수수 따서 누구 주려고
추석 명절 오는 아들
농주 만들어주려 한다네

개살구

뒷마당 개살구
6월이 되면 헤헤 웃지요
실바람 불어도 헤헤
보슬비 불어도 헤헤
길가는 나그네 눈길 한 번 주어도 헤헤
빛 좋은 개살구 철이 없어요
6월이 좋네
웃다 웃다 배꼽 빠지고
땅 위에 구르다 이마가 깨지고
뒤통수 깨지고
온몸에 상처투성이 살점이 떨어져
아픔도 잊은 채
그냥저냥 헤헤 웃지요
뒷마당 살구나무 밑에
우리 아이 성큼성큼 다가가
또르르 또르르 구르는 개살구 주워
후후 입바람 불고 입 속에 넣어
새콤 달콤 상큼 퍼질 때면
우리 아이 하하 헤헤
행복한 웃음 짓지요

세월의 노래

우리 마눌은 20대 때 나한테 시집을 왔다네
신혼 때 콧노래 1집을 발표했다
비둘기처럼 살아보세 매일 흥얼거리며 살다
30대 때 2집 노래 발표했다네
곡명은 당신 없이는 나는 못 살아
내 가슴을 쨍하게 울리더니
40대 때는 마눌 마음의 노래가 변하더라
3집 노래를 발표하고 바둥바둥 날뛰며 부르는 노래
그냥 날 내버려두오 하고 싶은 일을
가만히 내버려두오
내 가슴은 벌렁벌렁 심장소리로
박자 맞추어지고 그럭저럭 10년 세월이
지나고 나니 마눌이 또다시 4집을 발표했다
곡명은 참새 새벽녘 동이 트면 짹짹짹
우체부 아저씨 청첩장 들고 오면
짹짹짹짹 노래하고
내가 읍내 갔다 오면
벌금딱지 청첩장 흔들며
재잘 조잘 재잘 재잘 우리 마눌
오늘도 쉬지 않고 노래한다

난 뻐꾸기처럼 먼 산을 쳐다보며
뻐어국 뻐어국 가슴으로 노래한다
마눌 5집 노래 기다리며 오늘 저녁
별빛 보고 껌뻑

허구

젊은 시절
금덩이 주워볼까
금덩이 캐어볼까
허구 속에 잠 못 이루고
손아귀에 쥐어본 바람기
낙엽처럼 흩어지고 남은 것은
잔주름
이제 와서 생각해보니
지난 세월이
금덩이인 것을
이제 알겠네
이제 알겠네

2부

씨암탉

절규

동녘에 해 뜨고 우리 농부 흐르는 땀방울 훔치고 나면
들녘 푸르름이 물결치고
늦가을 산들바람 일렁일 때 들녘에 황금물결
감나무 알몸을 드러내놓고 텃밭에 고구마, 콩
온갖 잡곡 주렁주렁 매달릴 때 농부마음 부풀어 오르고
발걸음 가벼우며 농부 웃는 얼굴 빨강 단풍 행복한 웃음
황금색으로 변한 들녘엔 콤바인 소리
텃밭에 고구마 캐는 소리 요란스럽게 울려 퍼지고
가을걷이에 지친 몸을 끌고 집에 오면 반기는 것은
강아지와 땅거미뿐 저녁을 먹는 둥 마는 둥 내일 일을
생각하며 꿈을 꾼다 이번 추수한 곡식과 과일 고구마 값을
잘 받아야 될 텐데 걱정 반 근심 반으로 밤잠을 설치고
새벽에 일어나 탈곡한 벼를 농협으로 수매하고 남은 알곡은
시장으로 팔러 나가고 농협에서 수매한 귀중한 곡식은 헐값
통장에 들어온 돈은 쥐꼬리만 한 돈돈
이 돈으로 영농자금 갚고 나면 마이너스 통장에 잔고가 없고
이잣돈만 주렁주렁 매달리니 어찌할꼬 요놈의 농사

짓자니 적자요 아니 짓자니 목숨이 위태로우니 울지도
못하고 다리 관절에 허리만 휘는구나
오늘밤도 잠 못 이루고 지난 세월을 되짚어보네
요놈의 농사
수입농산물에 가슴 조아리네

갈비

나 실업자 되어 집안에서 뱅뱅
마눌 뒤꽁무니 따라가다 하루해가 지고
친구녀석들 얼굴도 가물거릴 때
구형폰에서 찌르릉 찌르릉 연신 울어대길래
받아보니 사회에서 같이 어울려
가지가지 허풍을 같이 떨던 친구였다
반가워하고 침묵을 지키는데
그 친구 어이~ 어어 친구 지금 뭐하는고
무얼 먹고 사는가 물어보길래
얼떨결에 요즘 난 갈비만 뜯고 사네
늘그막에 복이 들어왔네 답하고
전화를 끊으려 하는데
그 친구 무슨 갈비 뜯는가
자넨 참 행복한 사람이네 하면서 나도 좀
나눠주소 같이 뜯고 싶네 하길래

난 고기갈비가 말이여 그런 게 있어 하고
머뭇거릴 때 그 친구 더욱더 전화기에 대고
혼자만 먹고 살려는가 하길래 어쩔 수 없이
말을 했다 시래기죽에 멸치 몇 마리 넣어
국물을 먹고 멸치 건져 입으로 쭉쭉 빨고
갈비를 뜯는다네 했더니 전화를 끊더라
그 후 그 친구 전화 한 통도 오지 않더라
그 친구도 나처럼 멸치갈비 뜯는가 싶다
늘그막에

어매 한

바람 불면 낙엽 지고
우리 어매 바쁜 걸음 걸어
오리걸음이요
방덩이에 방석을 깔고
고쟁이 내려가는지 올라가는지도 모르고
오늘도 이 밭, 저 밭 헤매고
고추 따랴 고구마 캐랴,
수수 베랴, 콩을 따랴
정신줄 놓고 점심 공양 잊은 채
마음은 바쁜데 손놀림은 거북손이요
우리 어매 등을 보소
청산을 등에 업고
하늘 한 번 쳐다보고
땅을 한 번 쳐다보고
가슴으로 울어 울어 우는 소리
쉬어어 쉬쉬 허공에 맴돌다 흩어지고
오늘도 우리 어매 해지는 줄 모르고
온갖 망상 그리다가
늦은 밤에 집에 오지요
밥은 먹는 둥 마는 둥 하고서

잠 자리에 누워 무얼 생각하는지 몰라도
끙끙대는 소리 문풍지에 매달고
오늘도 우리 어매 가슴앓이 알아주는 것은
늦가을 떨어지는 낙엽만이
어매 가슴을 녹여주네

씨암탉

남성분만 살짝 읽어보세요
그 옛날 집안에 씨암탉 꼬꼬꼬
열아들 키워도 소리 한 번 없고
담벼락 뛰어넘지 않았는데
요즘 씨암탉
알을 낳았다 하면
목청 돋우고
꼬끼오 꼬끼 잡기 꺾기 후려치기
날갯짓에 목청 돋우고
회를 치니
이것 참
다루기 힘들어 죽겠네
세월을 탓하랴
씨암탉 퍼득거리는 날갯짓에
짓눌려 살아야 하는 수탉
붉은 벼슬 검게 타들어가네

마음의 비

내 마음 비가 내리네
웬종일 비가 내리네
가슴에 숨겨 놓은 멍 때문에
비가 내리네
웬종일 비가 내리네
먼 허공 쳐다보아도 가슴에
비가 내리고 가슴에 담아둔 비
언제나 그칠까
오늘도 비가 내리네
짓궂은 비 언제나 그칠까

실성

돈 떨어지니
배꼽시계 정신줄 놓고 울어대도
누구하나 관심 없고
아련한 그 옛날 날이면 날마다 찾아들던
휴대폰 벨소리도 내 귓가에서 이젠 저 멀리
사라지고 추억만 두둥실~
오늘 저녁 달빛도 구름에 가려
내 마음 외롭게 만들고
잠 못 이룬 새벽녘
풀잎 먹는 여치 소리
아삭아삭 내 귀청을 때리고
난 부스스 눈을 뜨고 생각해본다
오늘은 무얼할꼬
호주머니 더듬거려보니
지푸라기 먼지만 푸석거리고
긴 한숨 내 가슴을 쓸어내리고
하루해가 왜이리 길기만 하는고
꾀죄죄한 내 모습 왜 이리 되었누

순천 5일장

5일마다 돌아온 웃시장은 명품 농사짓는 농부는 갖가지 채소며 과일을 따서 시장에 팔고 보상을 받는다. 어부는 고기를 잡아서 뒷골목에 자리 잡고 싱싱한 요놈 고등어 사가시오 외쳐대고 골목마다 고추며 약초가게가 자리 잡고 항상 시끌벅적거리는 웃시장이다.

골목길 돌아 가다보면 큰 가마솥에서 하얀 연기 내뿜고 배고픈 사람과 장사하는 사람 이구동성으로 드나드는 국밥집이 있다. 한 많은 사람은 가슴을 털고 배고픈 사람은 배를 채우고 막걸리 한 사발에 흥을 돋운다.

유독 눈에 들어온 국밥집이 있었다. 그곳은 살찐 통닭 국밥집이었다. 그 아주머니 키가 작달막해도 눈웃음으로 사람을 매료 시키고 나면 길가는 나그네 발걸음 멈추고 머뭇거리다가 가게에 들어간다. 그 아주머니 이곳이 시원해요 말을 걸고 웃는다. 국밥 한 그릇하면 그 아주머니 걸음걸이 걸어가는지 굴러가는지 탁자 옆으로 스쳐가고 잠시 뒤 푸짐한 돼지 코에 머리고기를 가져오는데 사람은 보이지 않고 안주와 국밥만 온다. 가만히 쳐다보면 아주머니 키가 너무 작아 국밥 그릇처럼 작달막해서 국밥이 날아오는 것 같다.

정이 넘치고 활기찬 살찐 통닭 국밥집에 가시어 국밥 한 그릇에 막걸리 한 잔 하시면 모든 시름 지나가고 상냥한 아주머니 웃음에 모든 시름 사르르 녹아내린다. 작달만한 그 아주머니 당당한 모습이 눈앞에 생생하다. 지금도~

행복 보건지소 판교

저는 시골에서 농사지으며 살아가는 유선기입니다
우리 가족은 4인 가족입니다
불행인지 다행인지 몰라도 우리 큰아이가 1급 장애우가
되었습니다 장애우를 키우면서 많은 역경을 겪고 생활하다
몇 년 전부터 정부에서 추진한 복지서비스를 알게 되었습니다
그 후 난 동서를 분주하게 뛰어다녔습니다 병원을 오가며
서류를 준비하여 면사무소를 거쳐 시청으로 의료보험공단으로
모두 찾아가 심사를 마치고 나니 시청 복지과에서
우리 아이 귀저기 지원을 해주고 장애연금도
나오니 우리 가족은 너무 행복합니다
그것뿐인가요 우리 마을은 참 행복한 마을이지요
판교 보건진료소가 있습니다 보건지소 소장님이 오시어
마을 사람을 돌보고 알뜰하게 관리하니 얼마나 행복한가요
마을 보건지소를 새로 짓고 물리치료기가 설치되어
누구나 서비스를 받을 수 있습니다
보건지소 소장님이 마을 어르신과 장애우를 알뜰살뜰 돌보며
애쓰는 모습을 보니 절로 행복한 마음이 듭니다
소장님 인심이 좋은가 시청 복지과 직원분과
한마음이 되어 우리 농촌을 밝게 비추고 행복한 삶을
누리게 애쓰는 모습 너무나 아름답고 고맙습니다

어려운 이웃 장애우를 보살피는 순천 시청 복지과
판교 보건지소를 위해 파이팅하고 싶습니다
사회복지서비스 제도가 이렇게 행복을 가져다 줄줄
몰랐습니다 행복합니다

광속

요즘 잔뜩 찌푸린 날씨 탓인가
모처럼 차를 몰고 읍내 장에 갈 때면 보고 느낀 점이 아주
많다 난 어쩌다 신호를 무시할 때가 있다
지나온 다음 후회한다
왜 이렇게 무신경하게 되었을까 싶어 몸서리
칠 때가 한두 번이 아니다 신호등이 있을 때마다
조바심을 내고 긴장을 풀면서 파란 불빛이 들어오길
기다리는데 어디서 나타났는지 검정 승용차가 나타나
내 앞을 가로막더니 신호가 떨어지기도 전에
굉음을 내고 내달려간다 난 생각해본다
이 험한 행동은 무얼 의미하는가
나나 그 사람이나 마늘을 태우고 어린 자식을
태우고 갔다면 그런 과격한 운전을 할까 싶어
나도 몸서리쳐본다 누구나 한번쯤 신호를 무시하고
지나가겠지만 이것이 얼마나 위험하고 바보스러운
행동인가 성격을 자제하고 운전해야한다
계속 반복하여 신호 무시하고 차를 몰고 다닌다면
저승길이 남보다 먼저 열린다 인생은 쉬지 않고 가다보면
저승문이 열리는데 억지로 인생을 단축시킬 필요는 없다고
생각……

우리 집

백봉오골계 검은 속살 감추고
하얀 빵모자 눌러쓰고 멋을 내고
새벽녘이면 기지개 펴고 목청 돋우어 새벽을 알린다
난 잠에서 깨어 뒤뚱거리는 걸음걸이로 닭장에 다가가
하얀 알들을 끄집어내어 전자레인지에 찜을 찌고
뜨거운 물에 삶아 먹어버린 식인종이 주인인 줄 모르고
밥그릇만 들고 가면 서로 내가 잘났네 내가 똑똑하네
앞다투어 달려와 멋을 내고 아부하며 졸졸
난 생각해본다 요놈의 오골계 속이 없는지 아니면
초복이 돌아오니 생명끈을 늘리려고 그러한지
알 수가 없고 내가 잠시 마실 갔다 오면 그물망에 기대어
날 쳐다보며 머리를 갸우뚱거리고 날 비웃는지 아니면
식인종인가 하면서 주시한다
우리 집 오골계가 오늘도 날 쳐다본다

여수 신기 방파제

날이 새도록 새우 영혼 꿈을 꾸고 부스스한 내 얼굴은
추하게 변하였다 난 속으로 고약한 꿈을 꾸고 속으로 내심
놀랐다 입을 다물고 아침을 먹고 있는데 큰처남께서
연락이 왔다 어이 오늘 시간이 어떤가 우리 바다낚시
한번 갈까 하길래 난 쾌히 승낙하고 차를 타고 낚시방
들러서 새우를 샀다 새우 꿈속에서 보았던 그 모습 두 눈을
부릅뜬 채 허리 굽고 수염도 깎지 못하고 초췌한 모습이었다
새우 사들고 처남과 함께 여수 백야도 신기마을 방파제에
가서 얼었던 새우 녹이고 물 위에 던져주고 난 빌었다
이승에서 잊지 말고 너의 고향 저승이나 천당이나 잘 가라
궁시렁거리며 저승 못 간 새우는 낚싯바늘에 매달아
바다에 풍덩 집어넣었더니 꽁치란 놈이 덥석 물길래
하늘 높이 들어 올렸는데 꽁치왈 비틀 비틀 따라오다가
다이빙 하면서 하늘 높이 뱅글뱅글 돌더니
새우만 물고 떠나가고 난 새로운 새우 등을 꿰어 두 번째
저승줄을 바다에 내렸다 몇 초를 기다리고 찌를 바라보았다
소식은 없고 그 후 또 몇 분이 지나서야 찌가 들락거려
줄을 잡아 올렸더니 이번에 밴댕이 따라 올라오면서 하는 말
올래리 찔래리 하길래 바다에 다시 풀어주고 세 번째 줄을
내렸는데 찌가 요동을 쳤다 이번엔 큰 놈이 걸렸다

생각하고 있는 힘을 다하여 줄을 당겼더니 웬걸 복쟁이가
따라 올라오면서 심통을 내면서 바늘을 물어뜯어버리고
바다로 갔다 자기 고향으로
어느덧 점심시간 처남과 난 김밥을 먹고 쉬었다
우린 낚시 틀렸소 하고 저승 못 간 새우 목욕시키고 갑시다
해놓고 새우찌를 내렸더니 이번엔 숭어가 물어 잡아
올리려니 줄이 끊어져버리고 우리는 한숨을 쉬다가
집으로 왔다 오늘 제대로 새우 목욕시키고 왔네요 하면서
웃고 왔다

낚시를 좋아하시는 분은
여수 백야도 신기마을 방파제 가서
새우 목욕시키고 시원한 바람 쐬고 오시면 좋을듯합니다

재물

재물이 많으면
뒷간에 힘이 들고
재물이 적으면
뒷간이 쉽구나
세상사
뜻대로 되지 않는 것
한 가지가 좋으면
한 가지가 나쁜 것
이것이
재물의 효과

격차

새벽별 농부 다랑이 논에
참깨, 들깨 심어놓고 돌아서면
참새, 비둘기 찾아와 맛을 보고
농부 한숨소리 메아리 허공에 맴돌고
고구마 심어놓으면 멧돼지 녀석
땅을 헤집어 놓고
몇 안 되는 고구마 순은 노루가 입맛을 다시고
떠나면 남은 게 농부의 몫이라
그래도 어쩌겠는가 이것이 복이다 생각하고
살아간다
도시는 어떠한가
어쩌다 신호등 한번 정지하면 이구동성으로
오만상에 눈살 찌푸리며 알파벳 영어는
허공에다 대고 시부렁거리고 어쩌다 지나간 행인
방귀 한번 뀌어도 매스컴 호들갑에 놀라
말 말 말 말을 쏟아내고
아~ 아~ 세상이 왜 이럴까

콩트 국회

전라도 생쥐가 서울 여의도로 놀러갔는데
경상도 생쥐도 서울 여의도로 놀러왔다
둘은 의사당 옆으로 지나다가 정부미 쌀 한 톨을 발견하여
서로 주우려고 달려가 머리를 부딪치고 하는 말 경상도
여기가 어데고 하고 머리를 흔들며 정신 차리고
전라도 생쥐 쌀 한 톨을 잡으려는 순간 경상도 생쥐도
옆구리를 잡았다 둘은 서로 내가 먼저 잡았다 내가 먼저
잡았다 실갱이를 하던 중 의사당을 제집 드나들듯 하는
서울 생쥐가 손짓을 하며 가만가만 쉬 조용히 하세요
내가 정리를 해드리겠소 하면서 실웃음을 짓더니
쌀 한 톨 내게 주시요 하더니 이곳저곳을 살피더니 쌀이
무게가 맞지 않소 하면서 쌀을 먹어버리니 전라도 생쥐와
경상도 생쥐 할 말을 잃고 하늘을 멍하니 쳐다보고 하는 말
뺀질거리는 서울 생쥐한테 당해부렀네
경상도 생쥐 하는 말 다 묵어붓나

가을걷이

따가운 가을 햇살에
영글어가는 곡식
무우는 통통 배추는 통실통실
밭두렁 메주콩 주렁주렁
뒷골에 심어놓은 수수 허리 굽고
찰옥수수는 수염을 축 늘어뜨리네
처마 밑 참새 조잘조잘
영감님 도리깨질 시간 가는 줄 모르고
석양 무렵 집 앞 감나무
홍시 따려다
엉덩방아 찧는 소리에 놀란
뒷집 할머니 유모차 흔들흔들
늦가을 뙤약볕에
우리 마을 영감님
가슴 타들어가네
늦가을에~

우리 어무이

울 어무이는
4남 1녀 자식을 낳아
등에 짊어지고
자식을 모두 자수성가 시키고
세월 지난 지금은
태산을 등에다 업고
하늘도 등에 업고 사신다
한세월을 더디게 사시는
울 어무이

어무이

우리 어무이
날 낳았지
난 울었지
어무이 젖가슴을 더듬었지
두 손으로 어무이는
젖꼭지를 내 입속에 넣어주었지
검게 타오른 어무이
젖꼭지에 피멍들도록 빨았지
성년이 되어 난 사업을 했지
그 후 어무이 가슴에 대못을 박고
옹이를 만들었지
옹이 속에 진이 흘러나왔지
난 후회했지
옹기처럼 투박한 어무이
젖무덤을 난 꿈을 꾸었지
현실은 너무 무거운 침묵이었지

고쟁이 바나나

구순이 다 되신 우리 어매
마을사람과 함께 여수 관광 가셨다
이곳저곳 구경하시다보니
점심시간이 되어 각종 해산물을 드시고
공원으로 갔는데 마을 아짐이 어매한테
바나나 두 개를 주셨다 한다
한 개는 먹고 한 개는 아까워서 못 먹고
고쟁이 속주머니에 넣어두고
종종 걸음으로 구경하시고
저녁 늦게 집에 오셨다
야야 애비야 이리 좀 오니라 하시 길래
갔더니
어매는 깊숙이 숨겨놓은 고쟁이 속주머니에서
바나나를 꺼내 주셨지
손으로 받는 순간 깜짝 놀랐지
겉은 익어 검은 반점이 깔려있고
속알맹이는 죽이 되어 줄줄 흘러내렸지
난 당황하여 쓰레기통에 넣으려는 순간
야 야 아까운 바나나 다 흘린다
어서 먹어라 하시길래

엉겁결에 입으로 가져와 쭉 빨아 먹었지
그 맛이 신맛도 아니고 단맛도 아니고
알 수 없는 맛이었다
그 순간 어매가 바나나 맛있지
그 말을 듣는 순간 어매 얼굴을 보았지
잔잔한 미소
어매의 마음을 알았지
그놈의 바나나 가져오려고
얼마나 조심히 걷고 조바심을 냈을까

3부

바람난 꼴뚜기

별

우리 아이는
1급 장애아지요
마음과 천성이 매우 아름다워
남이 비웃어도 웃어주고
편견을 갖고 바라보는
이들에게도
환하게 웃어주곤 한답니다.
똘망 똘망 눈을 구르고
모든 사물을 신기한 듯 바라보고
웃는 모습이
밤하늘에 반짝이는
별 같답니다
우리 아이는
말 못 하고 표현을 못 해도
천진난만한 웃음이
얼어붙은 우리들의
마음을 녹여주는
따스한 별이지요

세상을 탓하지 않고
당당하게 살아가는
장애 1급 우리 아이
우리 가족의 영원한 꽃
큰 별, 유길호 랍니다

세월의 반주곡

젊은 시절 우리 부부
꿈, 사랑, 행복, 끼를 먹고 살았지
싱그럽고 푸른 나무에 잎을 달고
열매를 가지에다 주렁주렁 매달았지
풍성한 과일을 따서 씨를 남기었지
그 후 우리 부부는
뚝딱 뚝딱 돌아가는 시계처럼
세월을 까먹었지
이제는 힘이 없지
남은 게 속이 텅 빈 고목이 되었지
잎은 누렇고
가지는 뚝 부러지고
가로등 불빛처럼
눈동자 껌뻑거리지
마음은 다급해지지
입으로 좁쌀만 까지
흔들리는 고목에 수액을 넣지

이 병원 저 병원
처방받아 약국을 헤매지
하얀 봉지 창가에 걸어두고
바람 불면 떨어질까
걱정으로 밤을 지새우지
근심
아~ 아
이것이 세월의 반주곡

효도

비가 왔다 햇빛이 났다 짜증스런 날이 반복되는 장마, 머리도 식
힐 겸 마누라와 나는 아랫시장에 갔다. 어물전 돌아보고 가격을
물었다 가격이 천정부지로 올랐다. 조기를 사려니 호주머니는
가볍고 오징어를 사자니 성에 안 차고 유독 눈에 들어오는 놈
갈치가 푸른 눈을 뜨고 날 째려보더라.
난 마누라 옆구리 꾹 찔렀지. 요놈 사세 했더니 마누라 눈이 갈
치눈으로 변한다. 너무나 비싸. 그래도 장마철엔 요놈이 최고
아닌가 하고 나는 눈독을 들였다. 어쩔 수 없이 갈치 사고 시장
구경하다 집으로 왔다.
마누라 집에 오자마자 외출복을 벗어던지고 앞뒤 없는 고쟁이
입고 바구니 들고 텃밭으로 헐레벌떡 뛰어가 양파 뽑고 감자 캐
고 고추 따고 한바구니 채워 나무 그늘막에 앉아서 양파 까면서
양파 까놓응께 당신 닮았고 하길래 난 피식 웃었지. 마누라는 부
엌으로 들어가 낡아빠진 놋쇠 숟가락을 가져오더니 감자껍질을
박박 긁어놓고 무쇠칼로 토막을 치더니 궁시렁거린다. 요놈의
칼이 왜 이리 무딘지······

어느덧 시간이 흘러 저녁시간이 되었다. 마누라 바쁜 손놀림. 냄비에다 쌀뜨물과 갈치와 감자, 양파 등등을 넣어서 김이 나도록 푹푹 삶아져 밥상 위에 올라왔다. 난 회심의 미소 띠운다. 간만에 요놈의 갈치가 내 입을 즐겁게 해주고 효도를 해주네.

밥상을 물리고 참 맛있구먼. 어이 마누라 다음 장에 또 가세 했더니 뭐 하러? 반문 하길래 난 더듬거리며 말하길 간고등어 사와서 신김치에 넣어 먹으면 입맛이 돌겠네 더위도 이길 겸 이렇게 말꼬리 흐렸더니 마누라 눈치 채고 이번 한번만 더 당신 말을 들어주겠다고 했다.

난 기뻤다 5일 후에 돌아올 장날을 기다리며 밤마다 꿈을 꾸었지. 냄비뚜껑 사이로 흘러나오는 김 속의 비릿한 냄새와 묵은지 속에서 흘러내린 신맛을 생각하며 침을 흘리고 기다린다.

개탄

요즘 시골에서 사시는 분은
미치광이가 되어야 살아간다
배추 심어 놓으면 수입하고
당근 심어도 수입하고 우린 어쩌란 말인고
벼를 심고 수확을 해도 가격 폭락에 농약값
오르고 기름값도 올라 도대체 해먹어
살 것이 없고 영농자금 갚지 못해
빚을 내어 윗돌로 되새김하여도
빚만 늘어가고 농촌 일꾼 살길 없고
주름살만 깊고 깊은 계곡 만들고
농부 한탄하며 서울 국회 청와대
쳐다보면서 반미치광이가 된 농부
다리 풀린 사람 되어 병들어가네

내 인생

미운 정 고운 정
살을 부대끼고 살아온 우리 부부
젊었을 땐 월급봉투 가져다주면
바지락처럼 실웃음에 행복을 만끽하고
살았던 세월
나 이제 늙고 병들고 실업자 되어
호주머니는 텅텅 비고 말수는 적어지고
마눌 눈치에 내 가슴 심장소리 요란스럽게
요동을 치고 나 젊음을 다시 담을 수가 없구나
아~ 무정한 세월 힘없고 다리 풀리니
마눌 입술은 새꼬막 되어
굳게 닫히고……
젊은이여 마눌 새꼬막처럼 굳게 닫힌 입을
열려면 젊었을 때부터 절약하고 노후대책으로
국민연금이라도 많이 넣어
마누라 새꼬막 만들지 말고
행복하게 살려거든 절약하며 살아라
후회하지 말고
알았제?

백야도 등대섬

여수시 화양면 백야도
등대섬에 가보시면
껌벅거리는 등대 밑에
두 여인이 고기 잡으러 떠난 서방님
오늘 올까 내일 올까 기다려도
오지 않고
기다리다 지친 여인
겉옷을 벗고 나신으로
먼 바다 향해 울부짖다
돌아오지 않는 서방님 생각나
슬픔에 젖어들고
오늘도 두 여인이
그곳에서 서성이고 있다
독자 여러분
발품을 팔아 한번 찾아가시면
후회하지 않을 것입니다

외롭게 서성이는 두 여인이
당신을 기다립니다
남성은 조심하시오
두 여인이
곁눈으로 힐끔힐끔 쳐다보며
탐낸다 남근석을……

바람난 꼴뚜기

여보게
고흥 죽도 소문 들어봤는가
죽도 앞바다에 고기들이 술렁인다네
숭어년이 바람났다고
복쟁이, 볼락, 놀래미 깔따구 할 것 없이
모두 속닥속닥 흉을 보고 험담을 늘어놓는다네
숭어란 년이 녹동, 완도까지 돌아 댕기며 바람을 피다가
바람둥이 녹동 숭어놈하고 발광하다
배를 동산만큼 부풀리고
죽도까지 와서 신혼살림 한다고 야단법석이네
가만히 듣고 있던 밴댕이 녀석이
숭어 소문은 아무것도 아니네
여수 화태 앞바다에는 꼴뚜기가
요놈 저놈 사랑하다 양이 안찼는지
문어를 유혹한다네
문어는 하찮은 꼴뚜기 쳐다보지 않고
눈만 뻐끔거리고
지나가는 갑오징어
그 꼴을 보고 하는 말 야 꼴뚜기년아
물도 안 나오는 년이 지랄발광하네 하고

궁둥이 흔들며 먹물을 쏴아쏴아 싸버렸다네
여보게
지금 우리가 이러고 있을 때가 아니네
낚싯대 챙기고
바람난 숭어년, 꼴뚜기, 갑오징어
잡아서 낯 구경하고 회를 처불세

여수

돌산 하태대교 가보세요
늘씬한 허리길 롱다리 가랑이 속치마
물안개 한 올 한 올 옷을 벗기고
서서히 밝아오는 태양 물결위에 내려앉을 때면
멸치 꽁치 비상하고
낚싯배 어부 숨소리 거칠어지면
통통배도 주인 따라 거친 숨을 쉰다
헐레벌떡 쿵쿵 통통 방귀 매연을 품고
게으른 갈매기 고기 한 마리 얻어먹기 위해
태공 주위를 맴돌고 끼룩끼룩 울부짖는다
어느덧 석양이 지면
별빛은 먼 바다까지 조명옷을 입히고
조각달 난간 위에 위태롭게 걸터앉아서
낚싯배 길잡이 되어준다
저 멀리 쪽배 한 척 술 취한 사람처럼
이리 비틀 저리 비틀 기우뚱거려도 넘어지지 않고
플래시와 두 눈 쌍라이트 켜고
오징어랑 문어를 잡아 올린다
간간히 들려온 태공의 환호소리에 놀란 하태대교
다리 가랑이 찢어질듯 파도도 일렁

물결 위에 수놓은 별빛도 흩어졌다 다시 수를 놓은 대교
생기가 넘친 곳에 가시어
치마폭 가랑이 속으로 지나가는
문어 쭈꾸미 잡아보세요
행복이 파도를 타고 넘실 덩실 덩실

아랫장

날씨도 더운디 할멈하고 아랫시장 같이 갔더니만 아줌씨들 땀
이 줄줄 흘러내린 줄도 모르고 채소며 개기들 흥정하더니만 우
리도 아줌씨 뒤따라 감시롱 개기값을 물어 보았지. 요놈 병어 눈
이 퍼렇게 뜬 것 본께 싱싱하고 감칠맛이 나겠구만 속으로 생각
하고 요놈 병어 얼매에 줄랑가 했더니 요놈은 여수 돌산 앞바다
에서 잡은 놈인디 4마리에 2만원 주시오 잉 하길래 너무 비싸당
께 쩌그 쩌그 건너 갔다 와서 살라요 했더니만 개기 장시 안달
을 내면서 요놈 한 마리 더 줄랑께 사불소 하네. 우리 부부는 모
른 체하고 그럼 그랍시다. 돈 2만원 주고 비닐봉지에 넣어 줌시
롱 요놈 해묵어 보고 다음에 또 오시요 하길래 맛 좋으면 다음
에 또 올랑께요 하고 다음 골목으로 길을 나섰다.
그 골목에는 갖가지 채소들이 줄을 서서 기다리네. 유독 눈에 들
어온 할마니 광주리에 담긴 상치 할마니도 더운지 손부채로 얼
굴 부치고 상치도 할마니처럼 지쳤는지 시들시들 풀이 죽어가
데. 난 할멈 옆구리 꾹 찔렀제. 우리도 더 늙으면 저럴까 싶네.
우리가 돈을 쪼끔 애껴쓰고 상치사세 했더니 할멈 눈을 치켜 뜸
시로 상치 다 죽어 가는구먼 하고 사지 않으려고 하길래 난 머
뭇거리며 할마니 그 상치 얼매당가요 했더니 요놈 새벽에 뜯어
온 놈인데 아침에는 3,500원 받았는디 지금은 풀죽고 시들었응
께 1,500원만주시요 한다. 나는 동전으로 1,500원 주고 샀다.

할멈하고 나는 아랫시장을 구경함시롱 이곳저곳 기웃거리다 보니 땀이 비 오듯 하길래 집에 빨리 가세 하고 덜덜거리는 화물차에 시동 걸고 에어컨을 트는데 요놈 요놈 에어컨이 고장이 나부렀네. 엉뚱하게 할망구한테 화를 내고 요란스럽게 집으로 왔는데 개기 눈구멍이 쑥 들어가고 상치는 죽사발 떡이 되었더구만. 개기 손질하고 상치 물에 넣었더니 다시 살아나네. 할멈이 다음에 장에 갈 때는 차 에어컨 고치고 팥죽도 한 그릇씩 먹고 와야 되겠구만이라. 할멈 달래려면 다음 장을 기다려야겠구만.

판교마을 사투리

어매 어매 저기 저그 걸어가는 아줌씨 좀 보소. 한손에다 호미
들고 엉덩이 방석 들고 가는 것 보소. 저 아줌씨 참깨밭 매고 고
추밭 가지밭 맬랑갑네. 바쁘게 걸어간 것 본께 마을 할매는 유
모차 몰고 운동 가려다 돌맹이가 유모차 앞바퀴를 가로 막았제.
그라면 할머니 입에서 영어가 툭툭 나오제. 요놈 돌멩이가 가는
길 막어 함시롱 씨부랄 씨부랄 궁시렁거리제.

그 모습 쳐다본 아줌씨는 할머니 모습을 보고 웃제. 점심시간이
되어 보소 밭에 갔다가 돌아온 아줌씨는 호박 따고 고추, 가지
등등을 따서 마을회관으로 가지고 온당께. 할매는 다듬고 씻고
가지를 들면서 요놈 가지가 우리 영감 것하고 똑같네 우스개 소
리하면 아줌씨들 피식피식 웃다가 웃음보가 터지제. 그것뿐이
당가 아들딸들이 먹을거리 사다주면 자식자랑에 흥이 나제.

그럭저럭 점심 먹고 나면 보건지소 달려가 약을 타고 자랑하지.
요놈은 감기약하고 흔들어 보이고 어떤 할매는 요놈은 허리에
보약이제 함시롱 보건지소 소장님 칭찬하제. 시간이 흘러가서
회관에 너도 나도 누워 한숨을 쉬제. 2시가 되면 살기 좋은 마
을로 선정이 되어 에어로빅, 요가를 가르치는 선상님이 온당께.
얼굴도 이쁘고 허리도 날씬헌 선상님이 휘파람 불면서 춤을 가
르치제. 손을 흔들고 오른쪽 하면 할매는 왼쪽으로 돌고 왼쪽 하
면 오른쪽으로 돈당께.

어찌 어찌 요가가 끝나고 나면 옆집 할머니 옆구리 콕 찌르면서
성님은 오른쪽하면 왼쪽으로 굴러부렀소 했더니 할매들 귀가
말썽인께 잘못 듣고 그랬제 하고 한바탕 웃는다. 어찌나 웃어분
께 저녁이 다 된 것 같네. 예 성님, 동상 내일은 호박부침개 부
쳐 먹고 민화투 한번 쳐보세 함시롱 장롱 속에 넣어둔 10원짜
리, 100원짜리 단단히 챙겨오소 한 판 붙어불세 한다. 이구동성
으로 그랍시다 그랍시다 해놓고 할매는 유모차 몰고 아줌씨는
방석 들고 호미 들고 집으로 간당께.
참 보기 좋제 .우리 마을은 순천시에서 지정한 살기 좋은 마을
로 지정됐당께. 한번 놀러 오랑께요. 호박전 부쳐 불랑께. 거짓
말 아니당께. 살기 좋은 내 고향 서면 판교.

판교리 추동마을

서면 판교리 위 추동마을에 가보시면
산비탈에 자리 잡은 농바위가 있고 마을 앞에는
구멍바위가 존재하며 그 위쪽 방향으로 올라가
보시면 삼정지가 나옵니다
삼정지 유래는 느티나무가 세 그루가 보기 좋게
컸으며 마을사람들에게 사랑을 듬뿍 받았다고 합니다
삼정지 건너편에는 소둠벙거리, 일명 '쏘'라고 합니다
소둠벙이란 유래는 마을에 사는 농부가
오전 일을 끝마치고 점심을 먹으러 집으로 가다가
소를 소둠벙 옆 나무에 묶어두었는데 쏘에
살고 있던 이무기, 일명 메기가 소고삐를 물고서
물속으로 끌고 갔다 해서 소둠벙이라 합니다
이 모든 것이 현재 존재합니다
한번 찾아가시어 농바위와 구멍바위, 삼정지
소둠벙을 구경하시면 그 옛날에 전해 내려온
속설을 실감할 수 있습니다 한번 방문하시면
좋습니다 놀러오세요

고흥 청정바다 죽도

김발 매는 섬사람
돛단배 파도를 가를 때마다
갈매기 끼룩끼룩 청승스럽게 울어댄다
비릿한 내음 코끝을 스칠 때면
알 수 없는 야릇한 짠내음……
우리 어매 젖내음 같구나
밤이면 포구에 닻을 내린 꼬막배 사이로
한두 사람 오고갈 때마다
잠자던 가로등 친구가 되어 주고
출렁거리는 바다 위 뛰어가는 숭어 떼 볼 때마다
가슴이 두근 두근……
아름답고 정이 가득 넘치는 죽도 꼬막섬
언제 보아도 아름다움이 가슴 설레게 한다

신호등

찌르렁 찌르렁 전화벨이 울려 받아보니
친구녀석 하는 말 너 지금 뭐 먹고 살아? 하길래 난 이렇게
답했네 젊었을 때 모아둔 돈을 조금씩 생쥐처럼 갉아먹고
바쁜 날을 보내고 산다네
전화를 끊고 돌아선 나 가슴을 쓸어내렸다 죄지은 사람처럼
생각해 본다 지난날과 지금 시간 공간을 생각해 보니
괜스레 눈물이 맺히네 젊은 시절 갓끈이 길어 여러 선후배
날 찾아왔고 부탁도 많던 시절 행복이 넘쳐나는 것 같은
착각 속에 내 삶을 그곳에다 쏟아 부었다 흥청거리며 뒤돌아
보지 않고 전진하며 속도를 내었건만 이제는 갓끈이
떨어지고 나니 모든 주위 사람들 내 곁에서 멀어져가고
이제 남은 것은 앙상한 마음에 가시밭 돋아나길래
가슴으로 발버둥 쳐보니 스트레스 후유증
내 머리카락 한 올 한 올 빠지고 번들거리는 민둥산이
되었길래 난 과감하게 몇 안 되는 검은 숲을 밀어버리고
번쩍거리는 태양광발전소를 만들어놓고 충전을 하면서
살아간다 어쩌다 마눌 주둥이 끗발이 내 뒤통수에 대고
발전만 하지 말고 에너지 소비도 할 줄 알아야 하지 않겠소
하면서 심통 부린다 그 말 듣는 순간 발전기 과부하로

눈알 튀어나오고 땀방울 흐르고 숨 거칠어진 가슴에 열기를
토하며 쌕쌕되다 가슴으로 삭인다
그 순간 위기를 모면하려고 좌측으로 가면 황색신호, 우측
으로 가도 황색신호, 전진하려고 하면 마눌 눈동자 눈빛에
놀라 급브레이크 밟고 휘청거리는 삶을 지탱한다
아~~ 왜 이렇게 됐누
남성이여 갓끈이 달렸을 때 잘 하고 끈 떨어지면 갈 곳 없고
허공에 떠도는 구름과 같도다

서면 판교 각시쏘

순천에서 7킬로미터 가다보면 서면 판교 마을이 있습니다. 그곳에 가면 산새 좋은 계곡 고릉이란 곳에 각시쏘가 있습니다. 각시쏘의 전설을 실타래처럼 풀어봅시다.

판교마을에 살았던 최 씨가 있었다한다. 마음이 곱기로 명을 날렸는데 자손이 귀해 독자로 내려오다 칠순이 되어 아들 하나를 얻었는데 아들이 하체에 힘이 없어서 문밖을 출입하기 힘들었는데 그 아들이 나이가 차 결혼을 시키려 하여도 처녀가 없어서 한 해, 두 해 지나갔다.

어느 날 마을에 품팔이하는 꽃 같은 처녀가 있었다 한다. 최 씨 가문에 외동아들이 있는데 하체에 힘이 없어서 장가를 못 가는 사람이 있는데 한번 만나 보지 않겠소 하고 달비장수한테 귀띔을 했는데 달비장수 말솜씨가 이만저만이 아니라 저 산 너머 다랑이 논 3마지기를 떼 준다고 꼬드겨 최 씨 아들과 혼사를 치렀다.

혼사를 치른 다음날부터 새색시가 산으로 들로 헤매며 약초를 캐고 산나물을 캐어 시부모 공양 서방님을 지극 정성으로 약탕을 끓여 먹였다 한다.

그 후로 각시쏘는 우리 마을의 애달픈 전설이 되었습니다. 그곳에 가실 땐 조심해야합니다. 절벽이 병풍처럼 둘러싸여있으니까요. 하지만 각시쏘에 가서 물 한 모금 먹으면 절름발이도 서서 걷는답니다!

청소골 게쏘

옛날 옛날 아주 옛날
우리지역 청소골에 참게가 아주 많이
살았답니다
울창한 숲 사이로 흐르는 계곡 중간지점에
게쏘가 자리 잡고 365일 동안 물이 넘쳐나고
맑기로 유명한 곳인데
어느 여름 강감찬 장군이 길을 가다
게쏘를 발견하고 잠시 쉬다 가려는데
졸졸 흐르는 땀방울을 감당 못 해
옷을 훌러덩 벗어 던져 버리고
물에 풍당 뛰어들었는데 참게가 놀란 나머지
엉겁결에 장군 불알을 물어버렸고 장군이 놀라
참게 뒷다리를 잡아서 저 건넛마을 구랑실 계곡으로
던져버렸다 한다

그 후부터 청소골 계곡 게쏘에는 참게가 사라지고
지금은 가재만 살고 있답니다
게쏘에 가시어 목욕을 하시면 참게 사촌 가재가
불알을 건드려 본답니다
강감찬 장군 불알을 문 참게 자손을 구경하고
싶은 분은 구랑실 계곡으로 가보시면 한두 마리씩
얼굴 빼꼼 내밀고 눈치를 살핀답니다
지금 달려가 보세요

갓걸이봉

옛날 한양으로 과거시험 보러가던 선비와 돌쇠가
발걸음 재촉하고 청소골 산등성이 넘어가려는데
시원한 바람이 선비의 발목을 잡았다 한다
선비와 돌쇠는 잠시 쉬었다 가기로 하고 도포를
풀려고 하는 순간 회오리바람이 도포자락을
잡아당겨 머리에 쓰고 있던 갓끈이 떨어졌다 한다
갓은 저 멀리 낭떠러지로 떨어졌는데 선비와 돌쇠는
갓을 찾으려고 발버둥 쳐 보아도 갓은 행방불명
선비는 한양 과거시험을 포기하고
발걸음을 집으로 되돌렸다 한다 그 뒤부터 산은
조금씩 변하여 선비가 쓰고 있던 갓의 형태로
변했다 한다

등산하시는 분은 갓걸이봉에 오를 때 모자를
잘 간수하세요 시원한 바람과 경치에
한눈파시면 모자는 흔적도 없이 사라집니다
모자를 꼬옥 붙잡고 행복한 등산이 되었으면 합니다

순천의 맛

정겨운 우리 고장
순천 서면에 오면
특이한 시골 식당이 있다
신토불이!
그 주인아주머니
작달만한 체구에서 풍기는
어매의 모습이다
뒤뚱거리는 모습이 너무나 정겹고
친밀감이 든다
손끝에서 만들어진 음식
특히 선지해장국은 어디에서도 찾을 수 없는 맛
어매의 맛이다

독자 여러분
순천에 오시거든 서면 강청
신토불이 식당에 들르세요
토종 새우 젓갈에 상추쌈을 싸서
목구멍 터져라 드셔보면
옛날 어매 생각날 것입니다

명품 순천

봄이면 죽도봉에 젊은이나 늙은이나
산에 오르다 지치면 쉬어가는 의자
그 의자엔 사연도 많다네
젊은이는 사랑의 꿈을 키워가며 행복해하고
늙은이는 지난 세월 되새김질하며
쉬었다 가도 항상 반기는 의자가 있고
가로수 벚나무 물 오르더니
꽃망울 맺고 꽃을 피워 놓으면
토종벌이 찾고 오가는 사람 반기며
웃음꽃 입에 물고
바람 일렁일 때면 한 잎 두 잎
땅 위에 뒹굴어도 어여쁜 꽃잎이고
죽도봉길 오가는 인파 속에
하루해가 저물면
가로등 하나 둘 눈을 뜨고 비추어 주는 곳
언제 가보아도 싱그러움이 가득하다
의자는 주인 없어 아무나 앉아서
사랑 노래하고 쉬었다 가도
오는 사람, 가는 사람 반기는 곳
죽도봉공원
우리 지역 명품이지요

포도청

먹는 행복보다
버리는 행복이 더욱더 행복하다

고질병

고질병 사년마다 치루어야 되는 병
금뱃지 무엇이길래 앞집 뒷집
이 사돈 저 사돈까지 찾아와 한 표 찍어 달라하네
정에 약한 농민 "그럼 그라제" 하고 흥을 돋구어
자네가 누구누구 자손 아닌가 뱃지 달아야제
하고 있을 때 저 위 뒷골목 사시는 영감님 찾아왔다
우리 집 먼 당숙 아들이 이번에 출마 햇응께 무식이 삼식이
이번에 한번 나를 봐서 밀어주더라고잉
하면서 떠나고 남은 사람은
이웃사촌 서로 얼굴 쳐다보며 씁쓸한 웃음 짓고
요놈의 선거철만 되면 오이씨 감자씨 찾아와
속을 뒤집는 금뱃지 요놈이 죽일 놈이며 선거 때면
똥개처럼 으르렁거리고 선거 끝난 후 피식 쓴 웃음에
막걸리 한 잔 마음 사그러지는 이웃사촌
뱃지가 뭐당가

무에서 무로

어느 날 꿈을 꾸었네
행복한 시간이 되었고
비몽사몽 웃음 짓고
아파트 지었네
60평 아파트
참 행복한 시간이 지났네
잠에서 깨어보니 보잘 것 없는
잠옷에 헝클어진 머리카락
아뿔사! 이것이 꿈인가
내 인생 꿈에서 속고 속는
인생인가 보네
허황된 꿈이여……

세상살이

밤새도록 풀잎 위에 앉아서
도란도란 이야기하던 이슬은
새벽녘 불어오는 바람결에
풀잎 위에 아슬아슬하게 앉아서
떨어지지 않으려고 발버둥치지만
시간은 멈추지 아니하고 결국 땅 위에
떨어져 자연으로 돌아간다네
내일이면 또 다시 이슬방울 풀잎에 내려앉아
세월을 노래하겠지
사람들이 우리 인생이
크나 큰 노송으로 생각하고 살지만
실제로는 그렇지 않다네
먹고 살기 위해 살고
명예 따라 살면서 가슴에 깊고 깊은
응어리 짊어지고 살아간다
이제라도 무거운 짐 하나둘씩 땅 위에 내려놓고
가볍게 살아야 된다
평생을 고목처럼 살 것 같아도
떨어지는 이슬처럼 자연으로 돌아가는 것이
우리의 삶이다

나 늙고 보니 사물이 가물거리는 눈이 좋고
귀가 어두워 좋고
입이 무거워 좋고 좋으니 걱정 말고 살아라
젊었을 때 흘린 밥풀들은 흠집이 되고
세상은 떠돌지만 늙어서 흘린 밥 한 톨은
흠집이 아니고 자연 속의 삶이라 생각된다
세월을 거슬러 올라가지 말고
흐르는 물처럼 흘러가면서
세상을 탓하지 말고 살아가면
늙은이 대접이 좋을 것이고
세상을 거슬러 올라가면
늙은이는 더욱더 추할 것이다

추락

우리 가족은 4인
나와 마눌 아들 두 명으로
구성되어 간다
나로 인해 구심점이 되고 살아가면서
난 항상 1위를 차지하고 살았는데
비오고 흐린 날 난 2위로 추락하고
마눌이 1위로 올라 앉아 있다
난 1위를 찾으려고 발버둥 쳐보았지만
소용없고 괘씸죄에 해당되어
또 다시 난 추락하여 3위로 등극하여
겨우 밥 세 끼 목메인다네
세월 지나 뒤돌아보니
내가 4위로 추락하였고
난 후들거리는 다리 붙잡고
시장가는 날이면 펄떡 뛰는 미꿀이나
장어를 먹을 수 있을까 고심하고
1위 등극할 날을 위해
오늘도 꿈을 꾸고 있다

고갯길

세상살이 고달프다
이 고개 저 고개 넘고 넘어
다다른 곳
백발 주름투성이
하늘에다 하소연을 해볼까
천황신께 빌어볼까
오늘도 한숨 쉬고
지난 세월 생각해보니
내 인생 물살 같구나
아~ 아~
꽃 같은 내 청춘
번개처럼 지나가고
거친 물결 할퀸자리
웅덩이만 파였구나
상처투성이 이내 맘
누가 알아주나
세상살이 눈을 뜨고 바라보니
청산이 나를 보고 웃는구나

바보

난 너보고
바보라고
넌 나보고
바보라고
서로 바보라 하네
바보가 무슨 감투라고
서로 서로 마주보고
바보라고 하네
삶이 바보인데……

투병

암이란 놈이 내게 찾아왔다
그 놈이 얼마나 얄미운지
모르겠다
무전취식하려고 내 속에 자리잡고
하루 하루 내 가슴을 조아리게 만들고
내 심장 고동 소리 저울질한다
얄미운 그 놈 잡겠다고 온갖 노력을 하지만
그 놈은 떠나지 않고 나와 같이 동행을 한다
어쩔수 없이 서울 원자력병원을 오가며
주기적으로 치료하고 나면
그 후유증이 만만치 않다
병원에서는 공짜가 없다
시골에서 농사 지은 곡식 모두 팔아
모은 돈은 먼지 털 듯 날아간다
난 그 댓가로 생명끈 늘려간다
이 머나먼 고통이 언제 끝날지 모르지만
끝이 있다면
그 길이 꽃 길이 되었으면 좋겠다

선거

농민을 살려야 하는 농협
조합장 선거로 인해
민심이 야박해지고
흑색선전이 난무한 가운데
농심은 갈팡질팡

순박한 우리 농민
품앗이로 땅 일구고 살아가는데
조합장 후보자들 하는 말
나는 무슨 성이요
나는 토종이요
편을 가르니
가슴 저려 오는 것 농민 뿐

앞으로 논 농사 밭 농사
품앗이로 지어야 하는데
조합장 선거로 인해
편이 갈려지니
친인척끼리 농사지으려면
힘깨나 들겠네

우리 마을

우리 마을은 떡 부자일세
집집마다 떡을 달고 다닌다네
근처 마을에서 시집 오면 근동떡이고
본 동네에서 시집 오면 본동떡이고
황전면에서 시집 오면 황전떡
읍내에서 시집 오면 읍내떡
판교에서 시집 오면 판주떡
우리 마을에 시집을 오면
조상대대로 내려 온
떡 상표 붙어 드리겠소
판교리 판교떡
살기 좋은 마을 판교리

순천 미인

순천에 와서 얼굴자랑 말라
예부터 미인이 널려있다
그 후 점차 미모가 변하여
세계인의 가슴속으로 파고 든다
오늘도 웃음으로 반기는 곳
국제정원이
순천 순천 순천의 명물
시간이 지날수록
더욱더 아름답고 생기가 넘치는 곳
순천시 청정도시
국제정원
순천에 오시어
행복한 미소 머금고
멋진 미인이 되어 보세요

여보게

여보게
벌교에서 주먹자랑 하지 말라네
청정갯벌에서 생산된 꼬막이
얼마나 단단하고 명물인지 모를거야
청정 갯벌에서 잡아올린
꼬막 한 사발 까먹어보소
주먹이 꼬막처럼 단단해지고
튼튼한 몸
복싱선수가 된다네
그렇다고 아무 때나
주먹을 내지마소
잘못되면 폭력범인줄 알고
신고한다네
꼬막 먹고 힘을 내소
겨울이 가기 전에

광양

자네들
광양소식 들어 보았는가
예부터 광양사람 고춧가루 서말을 먹고
재치기 한번 안한다고
소문이 풍문으로 들었네
사람이 단단하고 억세고
인품이 청렴
강한 체력을 가진 지역에
광양제철소 들어서고
지역경제 발전
세계시장에 우뚝 솟은 제철
세계시장을 장악하고
지역경제 꽃을 피운다네